折り句集

記憶の砂時計

雨宮汐里

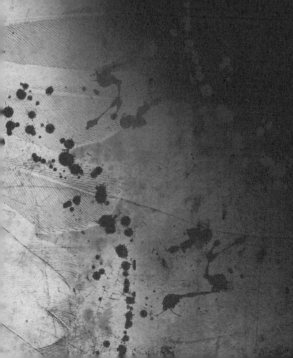

折り句集　記憶の砂時計＊目次

I

世界の終焉

折り句集

記憶の砂時計

I　世界の終焉

【砂時計は落ちる世界の終焉】

す　砂時計が記憶を語った
な　なべて世界は逆しまに
ど　教義《ドグマ》は終末を示す
け　顕現せし月のきらめき
い　生きとし生けるものの咆哮
は　羽ばたく小夜啼鳥《ナイチンゲール》は
お　堕ち逝く世界に鎮魂歌《レクイエム》を奏でる
ち　地の土塊《つちくれ》、文明は
る　流浪と荒廃を繰り返し

せ　世紀は向かう終焉へ
か　諧謔の階段が崩れる音
い　祈りの声は掻き消える
の　濃淡に揺れる帷に
し　死者の葬列は導かれ
ゆ　夕闇を越えた先
う　現《うつつ》と幽《かくり》の境にて
えん　怨嗟の哀悼を聴くは誰

【柘榴の裂け目】

ざ　座喚く琥珀の散り際に
く　雲間に滲む紅き神意
ろ　朗々と雷鳴は轟いて
の　呪いも寿ぎも意味を喪す
さ　小夜啼鳥が羽ばたいた
け　ケンタウルスは束の間の眠りに
め　冥府よりの旋律が世界を包む

【崩れた神殿跡にて】

く　楔を打つオレンジの夕陽が
ず　頭上で闇に融ける
れ　連綿と続く歴史の終焉
た　絶たれた生命の営み
しん　信仰を喪した神官は
でん　伝承の語り部となり
あ　明けぬ闇に身を窶す
と　時が止まった神殿で
に　日輪の顕現を待ち侘びて
て　天を見上げる事もなく

【古の神ぞ蘇りて嗤う】

い　祈りと絶望の狭間で
に　人間界は崩壊した
し　視界を閉ざす砂煙の向こう
え　得体も知れず蠢くカミ
の　祝詞と呪いを綯い交ぜに
か　仮初の体軀を地に降ろす
み　御名を喪したその魂は
ぞ　ゾディアックの彼方より来たれり
よ　依り代となりしは文明の塵

み　民族の腐敗を贄として
が　ガラガラと哄笑せり
え　叡智が最後の希みであろう
り　凛とし見据える四つの眼
て　手を取り合うその問いかけは
わ　和議をひとえに伝え給う
ら　羅睺の星が煌めいた
う　蠢くカミの神意は如何に

【呪いの家の嵌め殺しの窓】

の　罵りが響いた
ろ　濾過されぬ感情は
い　命の絶叫を上げ
の　逃れられぬ命運
い　行止りの絶望の
え　えも言われぬ恐怖に
の　呪いを塗り重ねる
は　嵌め殺しの窓は外れず
め　目を濁す暗闇

ご　午後の琥珀の散る頃に
ろ　六根清浄成さぬまま
し　屍は闇に呑まれた
の　呪いは廻る
ま　真を隠して
ど　どこまでもひろがる怨嗟

【貴女のための切先】

あ　暁に照らされた刀身
な　薙いだ胴に食い込む感触
た　「戦いは誰がために？」
の　野ざらしの刃を救ったのは貴女
た　「戦いは貴女のために」
め　盟主であるその手の中で
の　呪いをも放つ一振りに
き　凶刃になろうと構わない
つ　露滴りしこの切っ先で

さ　災禍のすべて切り裂こう

き　鍛えた刃は誓いの証

【もしも人間になれたなら】

も　　喪したヒトガタの見る夢は
し　　東雲たなびく夜明けの夢
も　　殯を迎えるその身は朽ちて
にん　人間の尊厳は失われた
げん　原初の姿を模した彼らの
に　　人間への希求
な　　成れの果てを晒す彼らを
れ　　列を成した軍隊が見張る
た　　ただ一つの願いを抱いて

な　流す涙も無いままに

ら　落日の緋はヒトガタに差す

【滅びゆく街に手向けの花を】

ほ　埃を纏った風が吹く
ろ　露呈した街の荒廃
び　紊乱せし営みは
ゆ　有機的終わりを告げる
く　朽ちた岩壁の向こう側
ま　魔窟に巣食う獣は
ち　血に飢え牙を尖らせる
に　贄はとうに捧げられた
た　度重なる獣の襲来

む　無碍に重なる骸
け　烟る境界線の先
の　野火は絶えなく燃えている
は　墓を作ろうとキミは言う
な　名もなき花を手向けるために
を　折り延えて魂を癒さんがために

【夏と廃墟】

な　波の音が響く
つ　爪先の水だけでなく
と　扉の奥から漂う冷気
は　廃棄されたこの建物は
い　生贄を待ち侘びる
き　煌く陽光は誘蛾灯
よ　宵の帷の肝試し

【夏の廃墟みち】

な　成れの果てか真の姿か
つ　蔦は絡まり緑は萌える
の　野に帰したこの道は
は　廃墟の都市への参道
い　異界と化した都市よりの
き　浄めの空気を送り出す
よ　四つ辻の奥に有るという
み　道に跋扈するモノは
ち　魑魅魍魎か天使の群れか

【月食の生誕祭】

げ　げに月食の地に降りる
つ　罪咎が赦しを得る日
し　死した罪人は転生する
よ　夜の闇に顕現する道
く　草を掻き分け奔る魂
の　野に放たれた揺り籠は
せ　選別された一人を乗せる
い　命の水に咲く向日葵は
たん　誕生する魂を見守る

さ　祭礼の夜は更けてゆく
い　一万年に一度の恩赦

【崩壊した地にてソナチネ】

ほ　埃立つ瓦礫を踏み分けて
う　美しき奏者は
か　畏み畏み椅子に座す
い　一枚もない譜面
し　知る者ぞ知る再臨の譜
た　ただ一人が奏でられる
ち　智慧と奇跡のメロディ
に　日没に陽が西へと落ち
て　天が冥色に染る頃

そ　奏者は鍵盤に指を置いた
な　流れる旋律　それはソナチネ
ち　「地上に命が芽吹きますように」
ね　願いを乗せた小さな奏鳴曲

【世界のはじまりかた】

せ　星霜の船が征く
か　開闢された天と地と
い　生きとし生けるもの全てに
の　祝詞と寿ぎを与うるモノ
は　初めより在る言葉と光
じ　時間軸が交錯し
ま　混ざり合う坩堝のなかで
り　竜胆の花が揺れる
か　哀しみを愛すは神の運命か
た　旅の愚者が空を仰いだ

【廃墟になったニンゲン】

は　廃棄された遺体は
い　いつしか有機性を失った
き　奇怪に変様した頭部
よ　呼び声は虚しく風に溶け
に　苦い涙はこびりつく
な　失くした尊厳は戻らない
つ　冷たく固い無機質のオブジェ
た　ただ残されたのは妄執と怨念
にん　人間であったただ一つの証拠
げん　原罪を孕みオブジェは廃墟となった

【雨がふる夏が来る】

あ　アスファルトを弾く雫
め　巡る季節の潤い
が　硝子のように繊細に
ふ　震えながら土へと染み込み
る　Rootsより草木を活かす
な　夏が来るその前に
つ　月が満ちるその前に
が　蕚を揺らし葉を揺らし
く　供物となる実を育てる
る　涙腺の壊れた神の悪戯

【夏に至る日】

な　那由多の光が空に煌めく
つ　詳らかに星座を語るきみ
に　庭先から広がるパノラマ
い　至る中天のふたごの星に
た　託した想いは心に秘めた
る　ルビーの輝きが瞳を射る
ひ　飛散する熱近づく夜明け

【生きるとは明日からの軌跡】

い　命の旋律が聞こえる
き　奇跡は軌跡となりて
る　坩堝に刻まれし幾多の轍
と　とめど無く行き交う存在意義は
は　破滅と救済を綯い交ぜに
あ　アザレアの花を咲かせる
す　須らく訪れる明日に
か　喝采の声が響く
ら　落日に闇の帷が降りようと

の　野路の果てに星は煌めく
き　軌跡となりし奇跡は
せ　世紀を越えて脈動す
き　希望の鼓動は続いてゆく

【ガラクタの戦車と皇女】

が　瓦解してゆく世界のなかで
ら　落日の日を迎えた
く　焼べる蠟燭は既になく
た　猛き戦車は見る影もない
の　野辺よりの怒号が壁越しに響く
せん　先人たちの歴史の終焉
し　淑やかに座す車椅子の皇女は
や　野戦の地に赴かんとす
と　とめど無く流れる戦車の涙を

お　皇女は優しくうけとめる

う　「憂い無き　世を夢見ては　我征かん」

じ　辞世の句は尊厳の証

よ　夜に散る魂ふたつ

【花は散るらむ夜明け前】

は　花の帷に月は満ち
な　涙雨は朧に烟る
は　春の終わりを告げる宵
ち　散り逝く定めの儚きか
る　流浪のこの身を嗤い給う
ら　羅睺の星は中天に
む　群れなす鳥は葉陰に隠れ
よ　夜の深さに怯え惑う
あ　あゝ、霞に舞う花よ

け　化生となりてこの身を包め
ま　真白き月が欠けぬ間に
え　怨嗟の念が消えぬ間に

【夏の灯火】

な　なずむ夕陽が稜線に融け
つ　月は昇る新月の夜
の　農作業を終えた農夫は
と　灯火を掲げ夜道をゆく
も　森のなかの魑魅魍魎を
し　漆黒の闇を散らすため
び　琵琶の音が背後に響いた

【夜明けの天才たち】

よ　夜空が白んで行くように
あ　明かされてゆく才能
け　稀有な能力は賜物
の　暢気な神の悪戯
てん　天才たちは惑う
さ　才能が悪魔的なほど
い　生き長らえた者だけが
た　誕生する夜明けに
ち　智慧の神は微笑むだろう

【奇形した生命の樹崩壊するモノリス】

き　記述者が動向を伺う
け　形成された物質は
い　異形に包まれた大樹
し　失敗作だと記述者は言った
た　大樹の頂きは白く染まり
せ　静寂な空間には異形の聲が轟く
い　遺伝子操作の末路
め　命題を読み違えた
い　生命の冒瀆

の　伸び続ける樹はモノリスを侵し
き　希望の灯火を消した
ほ　崩壊のはじまりに
う　憂いに満ちた記述者は俯く
か　改竄されてゆく遺伝子のデータ
い　生命の定義すら変質し
す　須らく出来ることは
る　流謫する者を選ぶのみ
も　モノリスの機動は狂い
の　ノイズと警報が辺りに響く
り　「輪廻転生を信じるか？」
す　捨て去った信仰が口をついた

【新世界の扉とマスク】

しん　新世界がやって来た
せ　政府が仕組んだそれは罠
か　改竄された数列が導く
い　異質な環境操作の狂気
の　軒先に鼠が転がる
と　飛ぶ鳥は血を吐き落ちた
び　微細な変化が起きた大気は
ら　螺旋の遺伝子を排斥する
と　扉の先に待つのは地獄

ま　マスクを着けていざ征かん
す　数列を元に戻すため
く　狂った世界を止めるため

【万霊節の夜】

ばん　晩景に物の怪混じりて
れ　霊魂は墓より出でたる
い　一夜の大饗宴に
せ　世界は闇の帷のなかへ
つ　月が煌々と地上を照らせば
の　呑気なジャックオランタンは
よ　陽気に灯りを揺らしながら
る　流浪の身をひととき休めん

【切り取られた空間】

き　奇妙な美術館がある
り　理路整然と並ぶ作品
と　撮られたにしては生々しく
ら　乱舞する海月の写真などは
れ　冷気すら漂わせる
た　立ち止まり眺めれば
く　空間が切り取られており
う　海の薫りが伝わった
かん　館主もいない奇妙な美術館

【カタストロフィ】

か　階段に蔦が絡まる
た　建物は無惨に崩れ
す　棲家としての機能を失くした
と　鳥一羽として飛ばぬ廃墟
ろ　楼閣のごとき様相は
ふ　風雪に晒されて
い　命の営みを喪す

【死神たちの挽歌】

し　死者を悼む歌が聞こえる
に　贄となりし者に向けた
が　硝子のような歌声
み　三日月の照らす墓場で
た　立ち昇る燐光が
ち　魑魅魍魎を導く
の　伸びやかに高らかに
ばん　挽歌を歌う死神たち
か　鴉が死肉を喰らった

【割れた砂時計自由への氾濫】

わ　割れたガラスが飛び散る
れ　黎明に溢れる砂が
た　滝のように流れ出す
す　全ての束縛からの解放
な　嘆きの終焉
ど　ドクトリンは意味を廃し
け　形而上のカミは死ぬ
い　生命の言葉は遺された
じ　自由への憧れは

ゆ　ユートピア幻想を導き
う　有為転変の儚さ
へ　平明のうちにある闇は
の　野火に焼かれた花のように
はん　氾濫してゆく思想を
らん　乱獲する

【封印された火の国の御子】

ふ　不死の御子は壁に眠る
う　薄っすらと炎の羊水に浸り
いん　陰気な美術館で
さ　様々な空間が閉じ込められたここで
れ　烈火の炎を纏い
た　ただひたすらに眠る
ひ　火の国は御子を失い
の　野辺の神山の神は狂った
く　国を上げて奪還せよとの

に　任命を受けしもの
の　乗り込んだ美術館にて
み　見つけたものは
こ　焦げた額縁と残された胎盤

【ホワイトクリスマスの夜】

ほ　仄かに灯る街灯が
わ　ワルツを踊る
い　一年に一度の
と　尊き生誕祭
く　曇った空からは
り　六花がひらひらと舞い降りて
す　透き通るように世界を彩る
ま　街には聖歌が響き
す　全てのモノが生誕を祝う

の　軒に積もる雪は
よ　世を照らす幼子の白衣

【黒い月と揺り籠】

く　黒い月が昇る
ろ　牢のような揺り籠は
い　いざや幼子を待ち侘びる
つ　月からの流刑者が降りるここは
き　禁断の地、地球
と　時を司る翁が
ゆ　夕刻の世界を朱に染めて
り　淋漓するそれは月へのカーペット
か　籠に収まった幼子は
ご　護法の下に置かれた

【廃村にて思う】

は　排斥された村がある
い　異質な神を祀ったがゆえ
そん　村民は連れ去られ
に　贄となった
て　鉄錆が香る雨の道
お　面影は草葉の合間に
も　もう戻らない息遣い
う　倦み疲れた黒猫が渡った

【砂煙にそびえる渓谷】

す　砂埃が舞う
な　長い旅を終えた旅人は
け　渓谷の前に立ち
む　村人の歓迎を受ける
り　俚言が聞こえ
に　膠の匂いが立つ
そ　そびえ立つ渓谷の奥
び　微雨のように水は跳ね
え　エルドラドと称される

る　瑠璃に輝く村が広がる
け　見聞を今から識るのだと
い　異国のユートピアに期待を膨らませ
こ　言葉を伝承にあるものに変え
く　繰り返し口にした

【化粧師と花魁】

け　化粧師として呼ばれた男は
わ　和歌を嗜む者だった
い　衣装を着た花魁は
し　静やかに和歌を聴く
と　「鳥の化粧にしておくんなまし」
お　花魁は明日花魁道中に出る
い　「如何にも飛び立つ如くに」
らん　乱舞する様を男は思った

【天国のバリケェド】

てん　天使たちが乱れ飛ぶ
ご　御光の満ちる空
く　雲間には天国への階段が
の　登る人々を吊るす
ば　バリケードの先には
り　輪唱される賛美歌が響き
け　ケルビムたちは炎の剣をかざし
え　エゼキエル書は紐解かれる
ど　ドミニオンが神の威光を知らしめた

【ゲリラ雷雨と匂い立つ森】

げ　月下の森に雷鳴が轟く
り　淋漓する雨は留まる所を知らず
ら　雷光が描く絵画と
ら　雷鳴が奏でる交響曲
い　生き物たちは逃げ惑い
う　鬱蒼とした森を舞台にした
と　とんだ悲喜劇だ
に　俄に雨が弱まるころ
お　終わりを迎える劇

い　息をついた生き物たちは
た　太陽を夢み眠りに就く
つ　冷たい夜露が辺りに散らばり
も　森の薫りが辺りを包む
り　リズミカルに野鳥が鳴いた

Ⅱ　その涙には

【奇し闇】

く　雲が流れる風がゆく
し　シロツメクサの群生は
や　山に森に幸福を誘う
み　満ちる春の足音

【梅の香】

う　うら若き蕾が開く
め　芽吹きは春の足音
の　野に薫る花の香を
か　風は何処へと運ぶのか

【雨の日】

あ　雨が降る花が散る
め　巡る季節のＢＧＭは
の　軒先が奏でる変奏曲
ひ　一雫、一雫、春が征く

【時連間とジレンマ】

じ　　時間軸が交錯する
れん　連鎖する空間のなかで
ま　　まことの姿を見せぬまま
と　　閉ざされる扉
じ　　自浄することも無く
れん　連綿と紡がれる言の葉は
ま　　交わり色を変えてゆく

【この腕に抱いた幸せ】

こ　心が幸せに充たされる
の　野薔薇の様に微笑むキミを
う　腕の中に包み込み
で　出逢いの奇跡に感謝しよう
に　俄に時は過ぎてゆく
だ　抱き締め合う温もりは
い　愛おしさの証
た　ただ一度の生に
し　死線が幾度訪れようと

あ　温めあう想いは消えない
わ　笑い合おう背中を合わせて
せ　世界はほら極彩色だ

【熱下がらない】

ね　合歓の樹が揺れている
つ　月は優しく夜を彩り
さ　小夜啼鳥の囀る静寂
が　外套を羽織った旅人は
ら　螺鈿の星々を見上げる
な　七つの森を越えた先
い　祈りは遠く果ての果てへと

【五月雨】

さ　さわさわと雫が肌を打つ
み　身を包む水膜は羊水のよう
だ　荼毘に付された心が鎮まる
れ　黎明に生まれ変わる幻想

【最濃と才能】

さ　砂漠に降る雨のように
い　イマジネーションが
の　脳髄に染みる
う　鬱蒼とした神経細胞を
と　時をかけて育む
さ　才能は花
い　生きて開いたその花は
の　濃密なイマジネーションを放ち
う　宇宙を世界を動かすのだ

【お題呉れ】

お　オッドアイの黒猫が鳴く
だ　橙色の夕暮れ
い　異界よりの門は開き
く　昏き軍勢が押し寄せる
れ　冷徹なまでのリアル

【シロツメクサ】

し　白んでゆく空に向け
ろ　濾過されぬ言霊を吐く
つ　月が嗤う
め　迷妄に揺れる四葉は
く　鎖のごとく地を這うも
さ　「幸あれ」と咲く小さき花

【路上の片隅】

ろ　路肩に腰を降ろした少女は
じ　地味なTシャツにデニムスカート
よ　夜を待つその横顔は
う　鬱屈と不満を顕にする
の　乗っていたバイクを倒し
か　傍らに座った少年
た　ただ一言も言葉を発さず
す　菫の花を少女に差し出す
み　見慣れた街で織り成すキセキ

【七夕の空天の河にて君を待つ】

た　短冊が風に揺れた
な　馴れ初めは忘れられるはずもなく
ば　場面場面を思い出せば
た　黄昏に浮かぶ微笑み
の　野薔薇の束を放りましょう
そ　空よりの招待状
ら　螺旋階段を昇るきみが
あ　天の河へと行き着くように
ま　真っ暗な帷が地上に降りる

の　野薔薇の纏う星屑は
が　硝子のように輝いて
わ　分かたれた空間
に　ニルヴァーナへと至る路を
て　手招き手招き照らし出す
き　『きみの手を
み　見つけ繋いだ
を　折り延えて
ま　末期の水は
つ　月にそそごう』

【ふるさと】

ふ　深く雪に閉ざされたやまかいの里は
る　縷々と歴史を積み重ねる
さ　寂しさに　友よと作る　雪だるま
と　時を巻き戻すふるさとの魔法

【ありがとう】

あ　明け星が煌めく
り　凜とした空気
が　がらんとした世界に喧騒が満ちる
と　尊き一日の始まり
う　生まれ来たことの感謝をあなたに

【梅雨の草花】

つ　月が雨粒を照らす
ゆ　逝く春を送る五月雨は
の　野に繁殖の恵みを与える
く　草花息づく命の讃歌
さ　咲いては散る運命にあれど
ば　薔薇の棘の傷痕のように
な　名も無き花は種を遺す

【夏祭りの夜】

な　永日の終わりに茜差し
つ　遣いの鴉は舞い降りる
ま　まつろわぬ者は足をとめ
つ　束の間の休息を得る
り　りんご飴を噛るこども
の　農地の豊作を祈るひと
よ　夜を彩る盆の踊りは
る　坩堝となりて饗さん

【肘が当たる距離の恋】

ひ　陽射しの暖かさが頬を撫でる
じ　時間が緩やかに流れるベンチで
が　硝子細工をプレゼントした
あ　ありきたりかなと頭を掻けば
た　大切にすると言ったきみ
る　瑠璃色の細工を愛おしげに見つめ
き　「きみとの距離は肘一つぶんだよ」
よ　よく分からないその言葉
り　立夏の熱が僕らを包む

の　「飲み物を買って来るよ」
こ　言葉とともにベンチを立てば
い　「要らない。傍にいて」

【癒場所と居場所】

い　息をついてリラックス
ば　梅花の薫りのするここで
し　深呼吸を繰り返す
よ　淀みない空気に精神はやわらぎ
と　鳥の囀りが心を癒やす
い　いつもの静かなお気に入り
ば　晩夏の頃も深秋の頃も
し　白い雪が積もる頃も
よ　呼び覚まされる原風景の地

【ネオン街に生きる女】

ね　寝場所を求めて
おん　女は彷徨う
が　瓦礫に咲く花のように
い　命の鼓動を刻んで
に　日没が彼女の合図
い　粋な服に身を包み
き　黄色に赤に照るネオンの
る　坩堝のなかで舞い踊る
おん　女は言った
な　「泣き言なんか言わないわ」

【コウヒイブレイク】

こ　この喫茶店の珈琲は
う　憂いを取り除くという
ひ　響く音楽のなか
い　意識がふわりと拡散し
ぶ　ブラックの苦さと相まって
れ　檸檬のように爽やかに
い　痛みがすぅっと消えてゆく
く　薬のような魔法の一杯

【遠野物語】

と　時は満ち
お　お暗き歴史
の　述べられん
も　モノ語ること
の　ノスタルジックに
が　外界の様相を表す
た　祟り神に塞の神
り　理非に光を当てる伝承

【レアチィズケェキのような君の告白は】

れ　レアなこともあったものだと
あ　赤ら顔でうつむく僕
ち　ちいさく呟いたきみは
い　いつもより怖がりで
ず　瑞兆を待ちながら
け　ケーキを無言で口に運ぶ
え　得も言われぬ愛おしさ
き　きみの言葉がリフレインする
の　軒先から落ちる雨粒も

よ　陽気な輪舞曲に聞こえて
う　鬱々とした梅雨の空気を
な　夏の爽やかさに変えてゆく
き　きみは言葉を待ち侘びて
み　水を空にする
の　「飲み物頼むよ何にする？」
こ　告白への答えは先延ばし
く　空気を読んだきみは呟く
は　「晴れた日のようなクリームソーダ」そして
く　繰り返しきみは囁いた
は　「早く白無垢かドレスか選んで」

【雪解けの朝】

ゆ　幽艶の闇に白が散る
き　季節は足早に歩みをすすめ
ど　独白をする様に次節へと向かう
け　鶏口が夜明けを告げた
の　伸び上がる陽に雪原は煌めき
あ　暁に雪割草は雪の中から首を擡げる
さ　ささやかな朝のひと時

【桜咲く静寂】

さ　サラリと流れる雲の随に
く　くっきりと浮かぶ満月
ら　雷雨の後の静けさに
さ　桜の花びらがひらひらと舞う
く　暗き木立の合間からは
せ　セグロセキレイの聲が響き
い　泉の在り処を知らせてくる
じ　時節の移り変わり
や　夜陰に隠れた生物が息づく
く　暗がりの中の夜のパレード

【夏の終わりの花火大会】

な　泣き腫らした顔を上げ
つ　月を見上げた
の　呪いを吐きたくなる気持ちも
お　大空に広がる大輪を見れば
わ　笑いのなかへと溶け込んでゆく
り　竜胆の花が揺れる
の　野辺には秋の気配が満ちて
は　儚く散る火の粉に
な　夏の終わりを思う

び　美景に今は興じよう
た　戦いは明日から
い　威風堂々と昇る尺玉
か　輝きが夜空を彩る
い　一夜限りの光の祭典

【夏の海と線香花火】

な　波の打ち寄せる海岸で
つ　爪先を海水に浸す
の　脳が冷たさを伝え
う　鬱々とした気持ちが晴れてゆく
み　港を照らす灯台の光は
と　遠く水平線に届くほどだ
せん　「線香花火をしよう」
こ　懲りもせず用意をするきみ
う　「うそ、花火大会見たばかりだろ？」

は　反論にきみは知らんぷり
な　波の音が会話をかき消す
び　微細な火花が儚く散った

【夏の終わりの流れ星】

な　夏の大三角形を見上げた
つ　冷たい草には夜露がひかり
の　野原は星のパノラマだ
お　終わりゆく夏を惜しむように
わ　忘れ咲きの想いが募る
り　罹患した心は恋に焦がれて
の　のびやかに息つけば
な　流れる涙に星が霞んだ
が　ガラクタのようなこの想いを

れ　玲瓏、星よ、流しておくれ
ぼ　茫洋と広がる夜空に
し　白く流星が流れた

【虫の音響く竜胆の森】

む　虫たちの群れが合唱する
し　静かな森のなか
の　野放図に群生した草花を
ね　寝屋にする虫たち
ひ　日の陰りが秋の気配を伝え
び　微雨の降る夜には
く　草葉に隠れて小休止
りん　竜胆の花がもうすぐ咲く
ど　土壌は肥沃に潤い

う　鬱蒼とした木々
の　野に続く道では
も　森へと歓迎する鳴き声が
り　リンリンと響く

【涙も乾く荒れた川】

な　波のようになだれ込む水
み　道を家を呑み込んでゆく
だ　誰もが想像し得なかった
も　物が流されていく様
か　乾いた涙はこびりつき
わ　湧き上がる水が水位を増す
く　黒く長い暴れ川
あ　荒れた地には土砂が積もり
れ　黎明の時はいつぞやと

た　ただ人々は願う
か　川の氾濫の恐ろしさ
わ　轍の泥がぐちぐちとぬめった

【黄昏時の公園の怪】

た　太陽が西へと沈み
そ　素知らぬ顔で空は暮れなずむ
が　街灯に火が灯り
れ　冷気が公園を包み始める
ど　童話のような風景
き　奇怪に踊る影は
の　伸び上がり縮む
こ　公園のブランコに
う　うつむき座す人影

えん　煙雨に晒されるそれは
の　濃淡をつけその身を消す
か　かそけき物の怪たちは
い　いつもすぐ傍にいる

【手の平の上の徒花】

て　手の平をジッと見つめる
の　軒下に座り
ひ　一つ花を花瓶から抜く
ら　雷光が空に走る
の　濃度を増していく湿度
う　胡乱な空気が雷鳴に弾けた
え　エントロピーの増大
の　軒先から雨粒が垂れ
あ　徒花を濡らす

だ　ダリアの花は実を結ばない
ば　瀑布に向けぼくは花を放った
な　涙は流れなかった

【ひとりぼっちの昼下がり】

ひ　一人で過ごすカフェ
と　隣の席は知らぬ顔
り　リルケの詩集を手に
ぼ　ぼくは本の世界に入る
つ　蔦で降りて行くように
ち　智慧の言葉を探す
の　伸びをして、詩集を閉じる
ひ　昼下がりの陽光が
る　瑠璃の湖面に反射した

さ　寂しさが心に忍び込み
が　がらんどうに風が吹く
り　リルケの薔薇の棘を思った

【過ぎ行く夏ひぐらしの声】

す　須らく時は過ぎ
ぎ　銀杏のは青く色づく
ゆ　ゆったりとした秋の訪れ
く　眩む暑さも過ぎ去った
な　夏を惜しむように
つ　冷たく波が打ち寄せる
ひ　「ひぐらしも九月までだね」
ぐ　群青色の空を見上げてきみは言った
ら　螺鈿の星も姿を隠し

し　静けさに染まるブルーアワー
の　「昇る明け星を見ようよ」
こ　言葉とともにきみの肩を抱く
え　遠方からひぐらしの声が聞こえた

【神様のいる海】

か　海岸には白い鳥居があった
み　道は遠く海岸線へと続き
さ　参道には木が生い茂る
ま　待ち構えていたように
の　野良の黒猫がやって来た
い　いつからここに居るのか
る　留守番でもするように
う　海、それ自体を御神体とし
み　港の街は海を信仰する

【露草の咲く小径】

つ　つぶらな花びらが風に揺れる
ゆ　行き交う人も少ない小径
く　草木は自由に葉や枝を伸ばし
さ　咲き誇る花々を讃える
の　野道に咲く露草は
さ　咲き初めに朝露を纏い
く　暗がりに花を萎ませる
こ　小径に青く点々と
み　未明に新生する一日花
ち　ちいさき命は初夏に息づく

【ぼくときみといちごパフェ】

ぼくときみといちご

ぼくときみとの関係は
首輪を嵌めた猫のよう
ときめくのはぼくばかり
きみには好きな人がいて
見向きもされないぼくがいる
とてもじゃないがやり切れない
苛つきを隠し苺を頬張る
ちいさい苺パフェがぼくの癒やし
午後のお茶会のデザートに

ぱ　パフェを二つ作った
ふ　二人の秘密のお茶会だ
え　笑顔を浮かべてきみを待とう

【雨の向こう梅雨明けの空】

あ　雨は朝方上がった
め　恵みの陽光
の　農作物は豊かに茂り
む　虫たちは陽気に騒ぐ
こ　心地の良い風が渡る
う　鬱々とした梅雨の終わり
つ　梅雨明けの空は青く
ゆ　揺れる綿雲はぷかぷかと
あ　暑い陽射しに来る夏を感じれば

け　軽快に心は弾む
の　野原にでも出てみよう
そ　空にはもくもくと積乱雲
ら　雷神様も忙しい季節だ

【一つ屋根の下で】

ひ　一人、二人、三人
と　友達のように兄弟のように
つ　連れ添ってきたぼくら
や　屋根がある一軒屋は
ね　願っていたぼくらの望み
の　軒下に三人並んで
し　シロップたっぷりのかき氷
た　ただただ一緒に居たくて
で　出会えた奇跡を噛み締めた

【日傘の花と風鈴】

ひ　陽の強さが傘に照る
が　蝦蟇が道端で鳴いた
さ　咲き誇る日傘たちは
の　野に咲く花のように可憐だ
は　花に雨が降り注ぎ
な　撫子たちがはしゃぎ笑う
と　通り雨が連れて来た風が
ふ　風鈴を涼やかに鳴らし
う　鬱々とした夏を冷ます
りん　りんご飴でも齧ろうか

【花火散る納涼祭】

は　晴れた夜空に大輪の火花
な　夏も盛りの納涼祭
び　眉目秀麗なきみは
ち　巷の正にアイドルだ
る　瑠璃色の目に映るのは
の　のっぺらぼうだときみは言う
う　「憂さ晴らしにつきあって」
り　悋気の視線を浴びながらの
よ　ヨーヨー掬いはまた一興

う　「憂さは晴れた？」
さ　最後の花火は二尺玉
い　一緒に見た三度目の夏

【秋雨に咽ぶ辻の花】

あ　紅い紅い曼珠沙華
き　昨日から降り続く雨に
さ　さめざめと泣き
め　雌しべを濡らす
に　俄に雨脚は強まり
む　咽ぶほどの秋雨が
せ　世界を包み込む
ぶ　蕪雑な雨粒は
つ　辻に川を作り

じ　慈悲もなく花を打つ
の　野分が近づいている
は　儚き花はそれでも
な　泣き言は言わない

【その涙には意味がある】

そ　そして道は続いてゆく
の　野放図な日々を後にして
な　嘆きに暮れたあの夕べ
み　耳を塞いだあの夜明け
だ　唾棄した言葉は数知れず
に　にべもなく過ぎた時
は　儚く散る運命であれど
い　行くべき森はあるはずと
み　水面の波紋を見つめては

が　硝子の心に火を灯す
あ　安寧の日は遠い
る　瑠璃の雫は決意の証

著者略歴

雨宮汐里（あまみや・しおり）

1977年10月17日生まれ
文学修士

詩集『日下捺稀宗集』（蝶尾出版社）
　　『Twilight to Infinity ～消失点《プロレマ》への扉～』（文芸社）
論文『“The Chronicles of Narnia” における救済論
　　　―スーザンの排除に見られる新たな救済の可能性―』（蝶尾出版社）
所属　日本現代詩人会　日本詩人クラブ　日本英文学会

現住所　〒181-0012　東京都三鷹市上連雀 7-8-27
　　　　　　　　　　三鷹秋山ハイツ 406

折り句集　記《き》憶《おく》の砂時《すなど》計《けい》

発行　二〇二五年四月十四日

著者　雨宮汐里
装幀　高島鯉水子
発行者　高木祐子
発行所　土曜美術社出版販売
〒162-0813　東京都新宿区東五軒町三—一〇
電話　〇三—五二二九—〇七三〇
FAX　〇三—五二二九—〇七三二
振替　〇〇一六〇—九—七五六九〇九
DTP　直井デザイン室
印刷・製本　モリモト印刷
ISBN978-4-8120-2882-7　C0092